U1017814

天被捅漏了　我
唯一能做的　就是虔诚地
全身心地
接住……

堤上的日子

FIRST LOVE, THE DAM OF MY SOUL

哲虫　著

WUHAN UNIVERSITY PRESS
武汉大学出版社

图书在版编目(CIP)数据

堤上的日子/哲虫著.—武汉:武汉大学出版社,2019.1
ISBN 978-7-307-20566-6

Ⅰ.堤…　Ⅱ.哲…　Ⅲ.诗集—中国—当代　Ⅳ.I227

中国版本图书馆CIP数据核字(2018)第222363号

责任编辑:梁　茜　　责任校对:汪欣怡　　版式设计:汪冰滢

出版发行:**武汉大学出版社**　(430072　武昌　珞珈山)
(电子邮件:cbs22@whu.edu.cn 网址:www.wdp.com.cn)
印刷:武汉精一佳印刷有限公司
开本:880×1230　1/32　印张:9　字数:156千字　插页:2
版次:2019年1月第1版　　2019年1月第1次印刷
ISBN 978-7-307-20566-6　　定价:36.00元

版权所有,不得翻印;凡购买我社的图书,如有质量问题,请与当地图书销售部门联系调换。

文字的自由（代序）

哲虫

夜的答复令我陷入茫然的清醒，身后的无限丰富性总在若即若离地抚揉我内心那根颤动的弦。这是在诉说什么呢？每当站在人生之憾和人生之幸的转折点，总有一个身影环伺左右。是夜里待久了还是白昼太吝啬，自从高中那个夜晚我邂逅一群无拘无束的文字，它们便成就了我生命里第一首诗，我感到了莫名的欣喜和未曾有过的冲动。难道这就是"初恋"第一次在我的生命里乍现？我想，如果不是夜足够深沉，如果不是前途充满无限的可能，那么陈述的唯一性早就驱使我寻着的非指称直觉，向你飞奔而来。

多少年来，无数痴迷的求索者不是在"浪漫"的道路上甜蜜地淡去，就是在具象的迷宫里寻觅禁果。也有巴洛克艺术的旋风在细读的路上穿山越岭漂洋过海，哪怕不惜生命也要参与华夏古老文明复苏的航程。我从浸润着趣味和欢快的苦海里一路走来，既经历了"浪漫"的心动，也在具象世界里品尝到了无奈。只有“初恋”像一块落满沧桑的头巾在孤傲的山峰静候。当我在尘世转了一圈回来后，她依然如故地在那痴痴地飘舞。是“初恋”让我越来越清醒地认识到多年的甘苦与共虽在无形之中，却早已修炼成不可分离的“老夫老妻”。我们一起在少年的课堂，幻想点亮太阳；在广阔天地，稻田点亮星星和月亮；在象牙塔，一禾和西川点亮海子——我们的灯塔；在光怪陆离的信息世界，鹅卵石点亮了一谷幽兰。

有时，我又是一个踽踽独行者。笨拙的智慧只能在距离岩浆十公分处以降温的方式释放文字多义的天性，力求让文字在笔下成为充满激情而又平静如水的谦谦君子。只有此时，心跳的曲线才是均衡、强健而富于美感的自由浪花。那是一群由文字组成的意向被自由天性打磨而成的温润的碧玉，贴敷在人间未曾愈合的伤口上。我想如果文字是人的创造，它一定知道自己的天性就是人的天性，自己代表的每一个思想在每个意向中应该如何融合时下的主旨，才能熬制无可替代的精神补品，慰藉属于各自内心的苦楚和普世的灵魂。

文字的神圣和奇妙将人与动物区别开来，同时它身后必定还有通天的秘密。一方面它承载着人类的身世，把人从野蛮的荒漠送上文明的高峰，让科技和文学探析自身成为可能。另一方面每个文字又都是着实的生命个体，并且它的生命传承有可能比我们走得更久远。从表面上看，文字是刻板的东西，但实际上它只是生命形式、存在方式与我们不同罢了。

我在疑惑和不安中感受文字呼吸的律动，在多愁善感中抚摸自己的尾巴。我好奇并思忖：究竟是我还是我们共同拥有的秘密或是弱点导致我们常常为尾巴而烦恼。更多的时候我会把自己的这些沉思交给文字，我猜想它一定把这些东西放进了酒窖里，因为当我再来取它的时候问题已经释然。这本诗集的那些文字就是这样的一群队伍。如果用茶来形容，那么它一定不是绿茶，而是红茶或是黑茶。

在某些诗人眼里，文字自始至终都是有神性和自由的。事实上，我们在另一个世界里永远无法束缚文字。为人类服务的那些事儿，对文字来说不过是义务所为。

文字在现代诗里，我们关注它的时候，它是有节奏的；我们感受它的时候，它是有生命的。这绝非空话、套话，而是生命的对话。枷锁一旦在观念上被打开，诗人在文字面前会羞于甚至放弃主人的身份，把文字当作朋友看待。这时你会领略到高山之巅的另一番景象。那时的文字，就像你肚子里的蛔虫那样了解你的需求。它会带着你回到童年，带着你去见久违的至亲好友，带你实现梦中的理想，带着你感受从未有过的酣畅……

当然，在诗歌的世界里你也可以不把文字当作活生生的个体来看待。这时你得到的将只是一个冰冷的指示牌和机械的毫无目的的方向。

可以说没有生命的指示牌永远展示不了生命的答案。

我无限幻想着在一个哪怕不那么美丽但必须是洁净、静谧甚至是孤独和自由的天空下，让每一个文字绽放出它们应有的笑脸。那将是超越一切的幸福和无与伦比的美好，我在等待着这种“时刻”的到来。届时，不能缺席的你一定是绚烂天空里闪亮的星。

目　录

心旅 2012

滑落的何止是指纹 2014

我在孤傲的山峰靠岸　2015

天外来客　2017

窍门的遐思　2018

岁月遗失的山岗

四部曲

让正午的旱杉[1]羡慕我吧
我不怕幼稚写在脸上
昨夜的喧哗
还在今天的岭子上乍现

愿早春的支书理解我吧
我怕还没乐够，季节已结束
青涩的天空
已泛出微黄

请风中的信鸽快些飞吧
我要把理想写在苍穹
羽翼的誓言
只有天知道

① 旱杉是丘陵地区一种生长快速，挺直的树木。

返青的秧苗为我见证吧

一定还会有惊喜在等待

播种的季节

也有收获的风

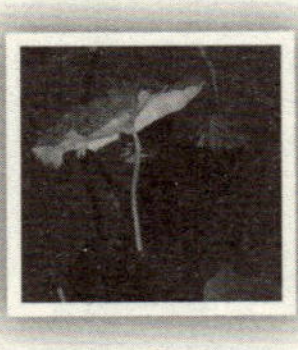

岁月遗失的山岗

一排排俊朗叫希望
一片片苍凉叫山岗

白花花的寒冷是冬日
齐刷刷的嗓音是合唱

校园的季节还喊着冷
池边的柳树已发了芽

风来了，绿起来
火来了，红起来

我们来了
山上的石头跳起来，带着
激情遗失的月亮，带着

岁月遗失的山岗

在大自然的伊甸园，我们
种下了俊朗的山岗
种下了苍凉的希望

我们打扮着岁月遗失的山岗

六月的妈妈

六月，为何还穿着袄子干活

您是把十年的腊月
都穿在了身上，把所有的孩子
都暖在了羽下

该歇歇了，我的妈妈
难为您了，我的妈妈
擦干眼泪，我的妈妈
难熬的日子终会过去，我的妈妈

不要再害怕，庄稼
已经在儿子的手里发芽
我的妈妈

红　叶

干涸的土地，飘来
一片红叶
它是红色的精灵
在狰狞的土地上狂奔
留下串串脚印
印证少年的鲁莽

虽然痕迹曲折，但蜿蜒的流水
健美晶莹，载着
沾满秋霜的枯叶
探寻来年的心情

这双混沌而清晰的脚印
凝固了时间
唤醒了生命
红叶，将逝年收藏

为了情，努力

2008

苦咖啡

远远的

远远的

看着朋友搅着咖啡

聊得

如此优雅

近近的

近近的

听着同窗呷着咖啡

哼得

如此逍遥

轻轻的

轻轻的

坐在知己的身旁嗅着咖啡

香得

如此心醉

道听途说过咖啡一二

却总无缘

终于有一天，心情的眸子揣着

无聊的咖啡豆

遇见了失神的奶牛

奇迹发生了

邂逅，不愧是天然的媒人

联姻，不愧是永久的经典

渐渐的

渐渐的

这对情人也成了我的朋友

品着加牛奶的咖啡

我在优雅、逍遥中

心醉

慢慢的
慢慢的
去掉牛奶
舔着剩余的内容物
飘然胜似依旧

诱惑，是贪婪的朋友
无知带着小三，喝着惩罚的酒

猛地我抽掉了杯中的一切
闪电般的奇苦麻木了所有

想吐
优雅何在？
想吞
食管难耐
想笑
心情不再
想哭

有口难开

……

苦咖啡

雪的解析

秋到冬的缓慢总被人提起
那是不想让果实
过早地凋谢

冬日里顽固的雪
总有那么几粒最终
不愿意离去
那是因为它们总在惦记
来年的收成

而今总有一些心痛让我流连
那是因为有太多的生命难题
在揉搓我的灵魂

这不是一阵眼泪能解脱的思考

而是夏日飞雪的心事

被人遗忘

想到这!

这!

把耳朵扔给苍穹吧

此时最好的慰藉是天籁的解脱

听松涛低吟为我们的旋律和声

一波接一波由音符组成的兵团

咀嚼着

最好的瓷片

无数百灵鸟

聆听野兽的鼓掌

狂风即将发作

狂风即将发作，它
已呻吟
狰狞的面目开始抽搐
眯缝的双眼
不知是示好还是相反
没有任何规律

旷野中温柔的树
经历了和风细雨的抚慰
也欢笑以对太阳
开始和蜜蜂勾肩搭背
没有理由

城市，地面上挺拔的峰
是泥沙媾和的

新娘，逃婚者的梦乡

无数草鞋和球鞋，拖鞋和皮鞋……

带着脚的胆识

前来追梦

……

狂风即将发作

它已呻吟

狰狞的面目开始抽搐

初恋是一张纸

把伤感打个包裹，寄给远方
天边的她，微笑着
向我挥手，甜甜酒窝盛着满满的苦水
挥洒在春天南下的邮车里

孤独无助的我，凝望着幽暗的星际
寻找着遗失在净空的温柔

思念，是双失眠的眼
瞬间跌进了黑暗的旋涡，幸福和伤感
在淫笑的洪流中迷失方向

寻找春天的歌声哟，载着少女的唇香
顺着无望的目光飘来
懦弱和幼稚的手，无力把窗打开

歌声在外徘徊

曾经欢快却也哀婉
曾经飞扬却也温柔

时光闪着泪花呼唤着距离，距离
却是一颗颗粗壮的牙
咀嚼完
最后的勇气

遗憾，像饥饿的狗鼻子
寻着失去肉的骨头飞奔而来
我左闪右闪无法避开

终于，一阵雷电抓牢烧干的眼泪
歌声向深处飘去，没有只言片语
只留下一张空白纸条，多少年过去了
失恋
隔着岁月的晨曦和我的初恋
打了一个哑谜

儿童节

时光不能倒转
泪水却可随时流
终于
到了结账的时候
却怎么也拿不出像样的清单
多年的妄想与行动
变成数字真难

还是丢掉账本吧
将一切还给天真
让躁动归于平静
背着书包上学去

给逝年一个结论

不知怎样煎熬的一年

自从智慧果里那条肉虫
露出了招摇的尾巴
红苹果便失去了光华

内心的污垢
是欺骗的面霜和机会主义的钥匙
多年的摧残，果树将倾
可恶的窃贼！

麻木的记忆
耗费了一年的眼泪
企图洗净扭曲的天良，然而
谎言是真实土壤里的花

清洗成了浇灌，眼泪
成全了花

没有阳光的日子
比阴霾的天空更晦暗
已经不是忘却可以
漂洗的——曾经！

真想把记忆的匣子
沉入粪坑，哪怕
再也没有花香和美好
或许
还可忘却肮脏

把自己
烧掉吧！埋在
没有“人”的地方

为了情，努力

夜，又是一个
长夜
泪，在总结
一年的储量
心眼，是个
奇怪的东西
在我的盘子里永远是块干瘪的烧饼
嚼不烂的肉

缺心眼的情，却将它咬得
遍体鳞伤

我要努力，努力
挖煤，生火
将情烧得火热，用血染出生机

让惨白的心脏
泛出红色

我要努力，努力
养蚕，向蚕
学习温柔，以桑叶殉情的涵养
迎接惊恐的眸子
回家

我要努力，努力
献血，众人的力量是
长河，引领我
走千里路，翻万座山
放逐悔恨于天涯
寻找那根遗失的羽毛

糊里糊涂的爱

你圆满了一桩桩
　　——卑鄙的发泄
却毁灭了一茬茬
　　——茁壮的希望

你攒足了爱的乳汁
喂养的却是
　　——贪婪的狼

书店里的邂逅不安

书店里，电梯口，背影
一个女孩

电梯间，衣帽镜，炫光
一个女孩

沿边帽，桃红唇，长发
一个女孩

神秘的遮掩是夏日送给书香
的浪漫邂逅

美丽的猜想在朦胧之中
前往玫瑰的梦乡

未知的转身向会神的遐想

隆起浅笑，此时

男人的自信

逃遁得无影无踪

遐想的九十秒

沿边帽下的眸子呀，我的层到了

难忘，总是在原因背后越来越神秘

种子，总在泥土之中躁动不安

有点忐忑，有点不舍

忽然，油墨飘香

我的土地之上没有情况

美好的留下

千年的炮仗，留下
愿望
万米高空
飞雪！
当水变成冰
的时候
躯体被留下
当交往变成牵挂
的时候
情谊被留下

心旅
2012

MONEY

MONEY 不用发飙
大家都认识

它想买后羿的矢，却如何
也办不到

天上的太阳
为地球而生
心里的太阳只为活着

瞬间
我掉进海里
蓝色拽着我冲向深处
我看见
白色的贝壳

还有

早时——

祖母俏丽的面容

日　子

阴郁的日子
拐着弯地爬行
一眼看去
不知何时是头
冷风嗖嗖，披头散发
空气中
孕育着闪电

虽然不希望淋雨
但沉闷的
菜篮子散发出恶臭

我想明天会晴
或许是奢望
但总比没盼头好

忽见

三只荷花在摇曳

那么自在

令人醉

信息时代

天上网络纵横，地上
繁星闪烁

“购 4G 送大奖”
我行走在信息时代的大道上

彩票与艳女
乞丐与香车
……
一晃而过

身着皮质大衣的脑残者
叽哩哇啦
对着手机咆哮

他的脚下
躺着 20 年前的老妪
和青年女子的乳房

信息时代
一座灵魂的大熔炉
炼成的不是钢铁
就是残渣

规矩的下场

把帽子攥在手上
广场上的阳光在微笑

把镜片取下
瞳孔的血管在歌唱

听说重建圆明园哟
儿童在黑白格中
因循“将”“帅”的足迹

圭臬扬起鞭子
在天上划圈
从黄河到长江

一只又一只
游向海的怀抱

救赎的代价

糖尿病是贪婪者的
盛会
城市繁荣的大亨
开怀大笑
森林和湖泊在我们的血管
形容枯槁
土地的血液中
勤劳的战士日益减少

糖尿病又是硕鼠的
舞会
形形色色的面具
持票入场
医嘱成为
嘻嘻哈哈的过门

胰岛素被踏在
舞者的脚下

其实
已经没有“实”了
因为，肢体末端离地
越来越远

孩子们呀
着急！
流泪！
没门！

他们只有提着丰收
的拖鞋和仅存的梦想
去找
胰岛素

夜的哈欠

深秋，午夜，湖面
一块礁石上
打盹的鸟

微风驾驭着轻波顺着岸线
进入运动中
扩张的血管

失去糖粒的囊
怯弱地跳跃着
正欲起飞

青年人，打着手机
迎面走来
擦身而过

路灯，装饰着闪光的眸子

夜揉搓着

晃动的

嗓子

瞌睡正向我

袭来

绿色的呓语

柠檬掉进
海水里
颜色爬进
爱情里，善良
培育的玫瑰
让色彩
来了一次
失败的交手

黄加蓝
是受害者的天
当玫瑰
失手滑落泥浆中
错误
即刻兑现

漂亮的花

是失手者的未来

带着

污秽的明天

悲哀

无趣

该死的泥浆！

平心而论

祸的另一半是

花太美丽

扎手的刺，愚笨任性

还有

盲目的善良

问　天

跳跃是共振的原因
当平静被打破
那是新年的钟声

这个最后的晚上
孔明灯在情侣手上
艰难地升起，口哨声
不绝于耳

一群，又一群
少男少女
和
快速上升的
梦想
被旱冰鞋拉成闪光的

线条，一根又一道
一道又一根
伸向远方
……

瞬间，我也变得疯狂
跃起了身子，扬起了头
腾空的脚，不知
何时落地

位　置

忽然，我看到一棵
拦腰截断的松树
有点沧桑，却生机盎然

从围度上看，它一定是
风度翩翩的强者

不是吗
它曾经上了，上到很高的位置
又下了，下到现在的高度

我喜欢它现在的
模样

感伤的游戏

心情骑上
日头的白马，在
键盘的河边溜达

惆怅吹着
昨天的哨子把城市的
灯光留下

心与手的情绪在
乡土的呢喃中
扇着翅膀

距离，在无法得出的
数字游戏中
难忘地疯狂

目光在回眸中

丈量着

永远的渴望

丢失的窗户

当我打开眼睛的窗户，一切
都已过去，裙子的风波
算不算和风细雨
烦恼腌制的恋情
来不及哭出声
便溜掉

心情回到房间里，所有光线
被重新编织
不是为了弥补失去的
风景，情不自禁
大叫一声
啊！

有准备的寄望总是显得很久

没有准备

往往会失去得令人心碎

哭吧！没有花的

世界也比

失去好

心　旅

阳光把明天的事告诉我

葵花
在掌心颂读，千里之外
飞雪
争相把倚靠的肩头给我

泪水
不住地招手，倦了喊着
海的名字
累了捋一捋昨日青涩的
发髻

滑落的何止是指纹

2014

不祥的血液流淌在尚未干涸的土地上

过去，安排着
现在
这是事实
不是“可能”
现在播种着明天，太阳
依旧升起，这是规律
不是运气

当
候鸟改变路线
我们，只有跟着哀鸣
去流浪，这是结论
不是鸟屎

还是远古的号子，点燃了

江河的火苗

从此，懵懂的哨声就撩起了

血液中的不祥

如果不是假设，我们

能够歇脚吗

假设不是如果，现象

就是真实

如果把明天的

眼泪，当做今天的血液

流淌在尚未干涸的血管

有些语音好像会与歌声有关

将我们的“不曾”吟唱

想象中的想象

也许是那永不实现的“不曾”

我们梦想中的“不曾”

你 的 墙

走着跳着，你在自己的墙上
你的墙上

干着最累的活，唱着最欢的歌
不一定悠扬，却是心底的
激昂，筑起的一片
绿油油的理想，开出
没有红色的花

走着跳着，你在自己的墙上
你的墙上

冲着我微笑，那是
多年前的眼神，还是

微微上翘的飞扬

飞扬的青春，飞扬的峰

高高耸立着，一道不败的风华

梦　魇

一脚走出华丽的大厦，一脚迈入
干涸的牧场
双眸驾驭着大雁
神志清醒地翻越群山，进入
一个血淋淋的屠场

成堆的生命，记述
成对的故事，草原之舟
在波涛汹涌的人类社会，划向
丽裳的饕餮盛宴，划向
死亡的梦魇

睡着了，总部的总部

比较是一门学问

比较，一个寻找差异的词

人和动物比较，天和地握手
拥抱

初生的孩子，住在盒子里
她是源泉，源泉
比较的源泉
甜的，笑的，咸的，怒的，苦的，哭的……
生活的血液

比较是活力，在两人之间
两山之间
长江黄河之间，他是无数场剧目
汇聚而来的一场大剧

无数场比赛汇聚而来的大赛
它或许是一场拳赛，四只拳头
谈笑风生
它或许是一场舞会，恋爱的步子
卿卿我我，不潇洒也浪漫

当比较的太阳，带着萌萌的帽子
每天从东边进入校门，从西边走出校门
读书的事，就是上课听讲
下课放学回家

当比较的步子迈入社会
它即刻成为思想的巨人，知识即刻成为
变色龙

比较从你我那里得到土壤
越亲近，越容易产生
方程式的题解，哦
神秘的比较，可爱的比较
万恶之源的比较，万善之源的

比较，比较，比较
比较

比较拒绝陌生，比较
带着笑容，比较细嚼慢咽
比较吐着火舌，比较
是一门学问

偶　然

狗狗狗
训狗令沿着地面
爬行，撞上了行人的
脚趾
呀！惊叫声阻吓了
嬉戏的犬

被撞者
是位七岁的女童
她让
同样是七岁的母亲
驻足

枫　林

我是独居枫林的
悄悄话，风起的日子我会穿越
太阳的耳朵，去寻找孤独的身影

脸红的时候，我会羞涩地
面向秋日的脚下
呢喃

愿　望

世界的式样从海底冒出
又在天上的石头里消逝

我只愿做一颗缝隙间胆怯的
沙粒，随时寻找
懒散的微风
轻声传递我闲适的
约定

五瓣梅花

甜蜜浸没了不安
惊恐！步步
袭来。多多，少少
恩恩怨怨
幸福流星悲哀划过——黑色
灵光

有一天，多多①
欢歌，蹦蹦跳跳
呆萌的五瓣梅花
印遍了朋友的心头
幸福时光，定格
在一年的钟声前

---

① "多多"是我家的爱犬（拉布拉多），将它从小养大，彼此建立了深厚情谊，2013 年 12 月失踪。

这一天，多多
的悲哀，依旧是蹦蹦跳跳
却又无影无踪，欢歌没了
这是声音的黑暗
梅花没了，这是
生命的祭奠，也是
某些人的庆典

发现和笑的语言

“发现”，跌进笑的掌心
多么戳心的一击

不去评论五千年的发现
两百年又怎样，如果
没有狂笑
世界依然很平静，地球会笑

有些东西我们没看到
好呀，这样才不至于发现了
不该发现的秘密，因为
不想偷笑
成为贼的手

当然，不去窥探而没有得到

这很正常，同样
不去惦记而有所得到
也很正常

一如他人服装里蠕动的理由
只需一瞥，便去找青春

颠倒的世界有些踸踔
平静，才能发现更多的妙处
觊觎者的手呀，不要
笑得太娇媚，用脑袋的时候
不准傻笑

我的意思很简单
把发现的眼与笑的手分别放到
自己的位置

列车的记忆

列车飞驰而过
我只记得红的、绿的、黄的、蓝的
车皮的颜色在眼前闪动

偶尔或能想起座位上
曾经遗失的背包，还有
未曾寄出的文字
那不起眼的记忆
却如何也无法抹掉

列车飞驰而过
我记不得自己的生肖
老是把别人约会的日子
当做自己的座位号
辨识

南　湖①

——凋零的记号

不是我生性风流，南湖的曼妙
总让我心跳，如果不是
漫天的荒草，扭曲的大道

何止是裸泳的天堂
野鸭也会留下掌纹，萤火虫
争相与星辰一道
给黑夜纹身

何止是曼妙流花
一圈又一圈漾开来的
是南湖的基因，月亮的微笑

---

① 南湖是武汉市内一座美丽幽静的湖泊，背靠狮子山，与华中农业大学毗邻。

何止是微笑

静穆的湖面，鱼儿撒欢

惹得百鸟竞翔

瞧，那白云朵朵不是蓝天伴侣

而是快乐的生灵

对对长腿

何止是结伴而行

单腿伫立水中的孤影惆怅

也惹得岸边的学子踽踽凉凉

晶莹可餐的水草

好像含情脉脉的荷花在舞蹈

何止在摇曳舞蹈

也有的在嬉戏

何止是追逐

还有的在发声

滋润心田的天籁之音爬过情侣的

曼妙山头

何止是听觉的盛宴

我的指尖与指纹不住地摩擦
滑落的何止是青涩

心跳和心跳的比高
早已不是恋人的专利
奇迹，在这里产生了
我看见涌动的潜流

何止是波涛
那是更加神奇的线条传说

何止是南湖柔媚的岸线
分明是柳条
在菜花中弄腰

哦，陶醉的人儿，迷死的故土
我早已在不归的路上
寻找归途，醒来时分才恍然大悟

滑落的何止是指纹

滑落的何止是指纹，
静谧中的忠诚，
被原始的摇曳瓦解

肤与肤的染色
是一次奇妙的旅行，兴致的顶点
在沙漠中演绎
情感已经出发，就无法回到
原点，终点
也难以看到

移动，千回百转
沉默，光滑圆润
紧贴着的慰藉专属于个人
面面都藏着说不尽的谜，流淌着

逃不掉的责任

这是难以述说的沉默和君子的决心
即将展开的美好画卷
蕴藏着无限可能
猜不透的结果，在森林中
追逐着绿色的
心跳，倒数着逝去的
年轮，一圈
又一圈

圆弧的轮回是沙漠里
风的指纹
不断攀升
看见了吗，在迷人的龙卷风中
有人在爽性地舞动，升，降
又升，升
听见了吗？好听的声音
隐喻似歌喉，屏住呼吸
努力看清、听清……

哦！那不是孔圣人的水袖吗
平平常常，却很优雅
身后一群人，是弟子吗
不太显眼却步履清晰，吟哦缭绕
这是沙漠里珍贵的印迹，也是
文化记忆里的一条河

自由的风

南方，喝着蜜的风
有时，溜到北方的草原上采花

碰到又高又壮的奶牛
它会情不自禁地吮吸几口

拐　角

这里只是一处拐角
周围的喧闹声，已经反衬出他的神奇

一双双紧闭的眼和羽毛般的人儿在聆听
鼓膜随着分贝零星地起伏，仔细分辨
只有心跳泵血冲击管壁的回音
这是自然的动静，也是移动的韵律
节拍默数着点子，轻轻地来到
江中的另一处拐角
平和的双眼缓慢地睁开，看到了天空
白色的云朵，似羽毛逍遥地起伏，没有鸟鸣
甚至也没了心跳

晶莹的水珠，带着宇宙的气息
飞向瞳孔，神秘的语言揉捏着丘脑的血管

蓝色的墨花顿时绽放，由深即浅，由快即慢
慢得妩媚……温柔，那姿态融化了
拐角处仰泳的鱼，无需观看，白肚牵着
墨花远去，消失的不是色彩
是他们转身的微风和嘟哝的唇

灵魂的拐角处，在河边的柳条下
只有静止的状态，才能听得见他的私语

嘘……几个垂钓人，试图弄懂波纹的台词
他们快速地打着手语，一顶帽子
忽然飞向了远方
看来，他们并不安静

帽子落在书生的头上，他
正在试图找到迷宫的出口而攥着
书本，如果不是翻书声惊动了云雀
谁也不会料到书生的脾气，有时也会很大
大到满地的纸屑和几片柳叶

终于，推手过来了
忽快，如风；忽慢，如云
律动的身体听得见水底的谐音
会飞的双手自由地舞动着水袖
看得人眼不花，心慢动
血慢流

过得了江的，是闭着眼的轻轻的人儿
过不了江的，仍在拐角处的柳条下踱步

魔

深度的晦暗抓住疲惫的自信
把冲动一次次戏谑，无法自拔的
危险笑了，它像一个老朋友
在无力的世界里，不断地摇晃着白色的身影
格外耀眼的是那双贪婪的手
它拽住时间，消耗生命
让无畏的蛆虫爬上餐桌

人性终于成为佳肴，被吞噬
汗滴七上八下挂满两颊，你感到
它是红色的时候
最后一根稻草
就会徐徐飘来

达摩克利斯之剑呀

当你铮亮的刃，高悬在无理的上空时
世界会因此产生奇迹吗？我已
失去了兴趣，因为恐惧正叼着雪茄
没收了所有的瞌睡

仲秋乘着高铁在离别的山上歇脚

阳光把婀娜塑造，这不是
造像，是生活
再见的嗓门在轰隆声中吟唱着校歌
把少女远送，这不是离别
是初恋

长长的微笑咧开干瘪的唇，面面相觑
又无所作为，缘分挂着
过往的泪珠，丰满而又
绵长，悄悄话呀
还在昨日的房间作响，倩影
却在今日的铁轨上惆怅

想起林子里的铃子，伴着风
叮铃铃地响，幸福的河围着

羞涩的山数着落叶，赏着月

浪漫的蝈蝈一问是中秋，二问是八月

三问是伊人

/

我在孤傲的山峰靠岸

/

2015

我在孤傲的山峰靠岸

我在孤傲的山峰靠岸
城市在这之前死去
寂静，在喉咙上品茶
天鹅素装漫舞，却不是为了风华
白色走进山崖，只为乌鸦
背书，大写的黑
是明日的华发

我在孤傲的山峰靠岸
艳丽在这之后死去
天籁死于雕琢，滥觞死于末流
只有世界之最的喜马拉雅
才是卫士
忠诚地守候

我在孤傲的山峰靠岸

虔诚地捧起圣人的脚印，小心地

举向头顶，群山为之震颤

思想跃过天空

可以没有声音

但绝不会没有痕迹

我在孤傲的山峰靠岸

美丽的亲情

我把一缕秀发，扎在
高山的额上
她是我的冻顶乌龙①
却忘了回家

渔翁乘着海螺的号子，海风讲述
老屋的故事
从未谋面的亲妹妹哟
她是山顶的红杜鹃②

扑闪的大眼睛寻找着
多情的蓝腹鹇③哟
一脸的柔情
一脸的香

---

① 冻顶乌龙是台湾茗茶，产自南投县鹿谷乡的冻顶山，被誉为茶中珍品。
② 杜鹃花是台湾省台北市和新竹市的市花。
③ 蓝腹鹇是台湾特有鸟种。

干涸的梦想

我留下，你哭了
我幸福了，你转身了
那是河流去找自己的源头，还是
山去找自己的妈

无论如何，你在长江
短暂一瞥，立刻转身
哪怕无限遗憾和后悔，也无法改变
逝去的步伐

大浪淘沙，你是沙
无疑是沙，肯定是沙
但也是自己一步步
走向岸边的沙呀！

我想把你找回

哪怕孤舟划向天际，沙砾坠入瀚海
我的影子我的梦，像一只
蝴蝶围绕着山丘
一刻也不曾飞离

山是海，海亦是山
一双负疚的眼
早已是干涸的河床，枯死的鱼虾
曾经奔腾的所有幻想
径直流向未知的地方

梦想，一双天下的脚
永远走不进自己的家

女人的富有

你

笑着，却不出声

开心，却不得意

那样动人，却从不妖媚

哦，你牵着我走

与唇无关

我感到了背影的

分量

也许是一两片叶子的

淡然

抑或是几本书的

富有

某些时候

女人的沉默

足以融化宇宙

希望在农民的手中深翻

深翻的日子，不是播种就是寻找
我所想到的是寻找

从地里刨出的良心多是预知的收成，然而
播种却没有那么欢心
农民的劳作单调而辛苦，汗水
并不意味着得到
未知才是所有希望的粮仓

寻找对象的日子，总是渴望与失望并存
寻找思想的日子，多是伤疤深翻的寻找

精神是农民喂养在天上的野兔
猎手是智者在天上培训的小三，空中的节目
很精彩，无奈的眼光盯着

不合时宜的要点把机会深翻
智者的掌声在哪里

——天上！肾上腺和小三奋力抢答

不是所有的星星都讨厌阳光
正如所有的头脑都能思考
却不是所有的人都会去追逐问题一样
少数人的问题，永远是农民手中的种子
和天上精神的农民
胜利钦点的爱将会不会和精神一样找不到北

当阳光小憩的时候，不失时机地
去邀约吧，有时土地里的奇遇保不准会是
兴奋和机会的深翻

追

我知道

你，在等我

我，也知道

我，在追风

飘起来的感觉

真好，是吗

不知道，只看见了

飘起的树叶

一片、两片，啊

跳起来了，三片、四片，啊

飞起来了，舞起来了

我醉了

仔细想想
你知道吗，有些
我不知道的
你，也说不了
这是我追你的
理由

哦，其实并不需要
理由
我应该能追上你
就像你，不愿意说
因为你
也说不了

哦，无需任何解释
你，已做得很好
就像我昨天
在汽车上拾到的
飞机票
那是你多年前用过的

票根

我已收藏

我，在汽车上

你，在飞机上

我知道

你，在等我

我，一定会见到你

没有原因

念着活着[①]

相约二月
一起去看那片湖里绽放的
梅花，你说要把她献给
老师
因为划行的文字是我们过河的
浆

说好了，五月过后
邀一片白云到天边放歌
你说要把她献给
兄弟
因为翱翔的羽翼不能没有燃情
相伴

---

① 对一个病故摄影家朋友的怀念。

七月的浪漫是
香槟加玫瑰的日子，你对我说
要把她献给绝望里
长出笑脸的勇士
因为生命的眼睛
会闻香

十月的骄阳
是你最想要的承诺。你说
想把她留给自己，最终却把她献给了
土地

三　月

相思虫子，爬上
三月的柳条

哗啦啦作响的辫子
甩着
率真的眸子

不懂事的鞋子
唱着
追逐的号子，在
山与山之间

　　哭着
　　笑着
　　恋着
　　闹着

建设者的夜

睡吧，推土机提醒我
没办法就睡吧

不是因为困了，而是天黑了
不仅仅是天黑了，而是天黑得
足以开工了

那就睡吧，身体不情愿地睡下
内心却依然在活动
什么时代了
好像活得很传统，其实
眼睛闭上了，但还是出现了
些什么

感觉夜里的建设很美，或确切地说有些妙

是的，不仅是妙
还有些神秘
我好像感觉到了生命！
好了，我的心开始随着吊车升起来了
确切地说是到外婆的港湾
找风车去了

有风没风，嘀嗒嘀嗒
有雨没雨
并不重要

因为，天是黑的
人，还躺着
知了和蝈蝈在耳边
竞赛，哦！
这是夏夜，听！还有蛙鸣

平凡的依旧平凡
非凡的鼾声却很清晰

星星在苍穹里流汗

夜，不为人知的建设在热络中

秘密展开

过程和结果的对话

那就别想得那么残酷
头脑的运动是
趣味的叠加，你赢定了
那有意义吗，问问
脚吧

诧异之间，脚没有作答
只有掌心几粒血泡
格外迷人

这是踩碎鲜花的那只脚
也是即将投入运动的
那颗颅

还是不要战争的好

大战还没开始，就被反复
炒作，无非是想得到
花，这是春天里的较劲

剔透的花瓣，每一条脉管
都是女人的汗液和男人
荷尔蒙寄居的场所

天将暗淡，下一次升起的
是月亮还是太阳，我们用歌声
或不是眼泪来
庆贺，或不是发泄

人呀，纵有千条理由称霸世界，却
没有一条理由输给青蛙

大战即将开始，双方比肩
而坐，暴躁的熊摔碎了不羁的
梦想，却也无法结束平和的较劲

大战即将开始，愤怒的血
不情愿地流过低头的战士
他是不战而胜的智者

大战开始作画，其实在少数人的眼里
争夺似乎永远是一种癖好，所以
存活的大概只有青蛙

了然，天堂

天堂寻找的儿子也是
仰望天堂的儿子，在一处
安静的地方，对星空的思念
总是嫉妒的请柬

天空，松涛汹涌
仰望，百万大军呼啸
倾听，几只蝈蝈
几只知了
我在秋日的山间小道
把遗失的父亲寻找

虽然理直气壮的晚风在屠夫们的手中
舞蹈，哨声微弱
不是微笑却也能抵达

仰望的小岛

我将不再是季节轮替中焦急等待
的羔羊，因为
秋日过后的父亲
是放尽殷红的激情而
回归宁静的天堂

岁月让你记得

——老天爷还有一只手

将容颜

将爱情和家庭

将亲人

将祖宗和家谱

将同窗

将牵手和争吵

将朋友

将友谊和思念

将能力

将成就和荣誉

将头脑
将理念和信仰

将你我
将认识和记得的
……
一起放在岁月里翻炒

十年后
我的妈呀，还有……

二十年后
我的老天爷呀，还有……

三十年后
红着眼，还有……

四十年后
微笑，还有……

五十年后，

双手合十，还有……

最后的遇见

乌有

一种等待

儿时的玩伴在等待，我
已转身，那是一个
风筝也追不上风的
遗憾

儿时的玩伴在等待，我
已转身，我也在等待
等待着等待与等待
幸福的奔走

儿时的玩伴在等待，我
已转身，我也在等待
等待着相遇与遗憾
永远的分手

人和科学

再过十年，人
太不容易死，也太容易死了
这是科学

自从石头也能变软
地球就开始变硬，该硬的硬
不该硬的也硬，这是
报复

报复，无所谓可怕
只要人类需要
月亮也可以不要，天黑了
就不要再亮

想起火能将水烧开

也一定能想到它还能结冰

智慧的力量

可以上天，也可以入地

否则吐血的怎么会是

人类的孩子

我曾拼命地冲向山岗

我曾拼命地冲向山岗
拼命地寻找
顾不得衣衫褴褛，顾不得
没有洗澡

脚印未必美观却能装进
所有的脚
年代未必久远却能装进
所有的日月

我亦步亦趋地向纵深
缓进，那里躺着不相干的文字
不寻常的士兵
和站岗的元帅

有时候，寻常的人

也会进入柏拉图的地铁

自豪地拾起一些铅笔和习字本

哑谜像一阵青烟

徐徐散开，迅速与知识

相识

七　月

七月，繁华的闹市
天桥，已披上耀眼的外套
抖动的身躯
透出焦躁，互致耳语的冰激凌
在美女的手中笑靥如花

嫉妒的塑像，馋虫般地
在阶梯上探寻猎物，鼓膜
笨拙地伸展拳脚
宁静的眼神悄悄溜走，可人的月亮
暗送秋波

星夜的邂逅，吹响闪烁的口哨
沿着天桥的脊梁滑入
幸福的池中，满足是城市的心跳

犹如

水面的倒影掩面偷笑

那笑声透着谜一样的音符，飘出

抖动的衣兜，浪漫的节奏

闭着眼也悠扬

夏夜的辉煌是晶莹的徽章，今夜

的华光不如叶上的落花

/

灵魂撵着惊慌的映像

/

2016

灵魂撵着惊慌的映像

余光在窗外小憩，不经意间
发现蘑菇云正舔着高楼的塔尖徐徐攀升

办公室的人们一阵惊慌
惊吓的眸子接踵而至，黑暗之中
不知该大笑
还是该哭泣，我们簇拥着越出窗外
身体加速下坠，不时地
翻着花，感官的工作陷于停顿
速度达到极致时一片寂静

眸子在空中打开了伞，落地时
我们径直冲向壕沟
低处

怎么没有狂风

我理了理枕巾，擦了擦汗和眼角的泪珠

慢慢平复了心跳

我真的哭了

本是培育花木的
园丁，却
长着一脸枯枝败叶，本是
圣脚美途，却
偏走一条金光闪闪
肮脏的路

一个教鞭跳舞的
地方，卑鄙的
笑，土狼般的
舌，传递
肮脏的交易

肮脏的交易，听着无聊的
目光

无聊的目光，数着胆怯的
钞票
胆怯的钞票，刺激着缺德的
荷尔蒙
缺德的荷尔蒙，管不住颤抖的
小老鼠

兽性如此猖獗，不愿意
不愿意，不愿意！
老师，老鼠
老鼠，老师
不知是老鼠玷污了老师，还是
老师玷污了
老鼠
我不想哭，可是我
哭了，哭了，哭了……！我
真的哭了

心头上的揪揪辫

你把我的血脉
化作一道靓丽的风景
放飞天际

你把我所有的
坎坷和不如意
都化作
赞歌
一口饮进

你是我的蓝眼睛
放眼可观海
你是我的红眼睛
极目可观霞

骄傲和自豪

那是油盐的追求

我的慰藉是

生命里

粘着我的一隅白墙

和影印在上面的

揪揪辫

自然的造化

女人，安睡
为何一丝不挂

乳房，丰满
为何双眸向天

哦！美神在海里
海神在天上
一块块凝固的云
一片片干净的叶，托举起
沉睡的精灵
瞧，她的双脚
已走进时空的净地
迈入天际的岛屿

海浪欣喜，冲击着云块

云块含笑，塑造人间

天外，人类

另一处

神秘的

栖息地

呵呵！认识文明

高亢的嗓门在
羊肠小道上委屈地
放歌

韭菜赤着双脚
顺着地面
寻找鸡卵，真理在
争吵的湖面诞生，又在
沉默的海面
摔倒

文明
不过是披了件新装的
狐狸

带着帽子说头大

穿了鞋子

说路滑

诡异的世界

我在冷静地
观察，仔细地
聆听
这个世界最危险的火山正围坐在
诡异的山峦深处
算计着牌局

冷笑裹挟着尖叫伴随着青烟止不住地爬升，巨大的
羽翼在空中
抓住仅存的谋略，拼凑出
各自的底牌。矫情饰貌的女人
扭捏出场，自行车
是她当家的行头

王者，目光呆滞，难以琢磨

你看，他舞步懒散
矫健之中透着
刚强。这不是肌肉的时代
却
也能在不屑之中拾回潇洒

快
把各自的脑袋别起来
现代舞开演了，生命的本色
不在火山的牌局里偷窥剩余的时光
便在悠扬乐曲声中
一哄而散

失去的拯救

失去歌声的父亲
剁掉自己的十指，在
黑暗中演奏，无声的
呼喊直抵脚掌那个
绝望的血泡

一颗抬不起的头颅啊
再也没有看到过
阳光从哪里出发
又从哪里
溜进喉咙的坟茔

寻找，永远是你目光
拼凑的钻井队

声嘶力竭又势单力薄地向地心

出发

再出发

茶的情人——音乐

白云在蓝天的五线谱上
支起一张茶桌
聚众的绅士逐一就坐
天籁，是千里远足者的厚礼

两行大雁，一壶金曲
悠悠琴声，汤色正浓
把尘世间的馋虫从闹市区的
喧嚣声里沏出

交响乐请来古树老仙
千年陈香透着时光的悠扬
小夜曲在春神的哈欠中
散发出夜的清香

啊，千里沧桑路

直抒正道歌，只要茶马古道

还分泌着茶香

希望就会在万里云端欢唱

如鲠在喉的世界

我的鼻，我的嘴
如鲠在喉的世界，如此
灿烂，我依然如故地用自己的背
寻找明天的月亮

我的手，我的脚
如鲠在喉的世界，手掌
响起欢笑，被文明冲淡的苦饮料
有点累！还甜

我的心，我的肝
如鲠在喉的世界，行走
故纸堆从不出彩，出国又回国
护照笑出眼泪

真理在本质之中

摘下雪域的钻戒
镶嵌真实的谎言，给
高傲的松柏饯行

喂养青春的箴言
在世界搜罗耀眼的古董
无数庄严的殿堂
在华丽的广场设宴，准备为高贵的身躯松绑

接风，是场面上的精心的
舞蹈，无聊的过门
掩盖不了一场场
怯懦的体面

将繁缛的领结

竖起来吧
城市跳跃的灯火无法温暖
高山王子冰冷的
骨头

冻结吧
繁荣的苍白
杯中的吆喝

让透明的阳光在
料峭的春雪里绽放，滥觞从
少年的指间流出

追求
在眼花缭乱的符号中
享受减法
馈赠的无为枝蔓

孤独向那棵昂首的树走去

追逐卑鄙的坚强

父亲

像岩石般软弱

沧桑

像浪漫的眼在雾中

寻找天空，不断下沉的饥渴

接近我额头的

疯狂，一头

栽向失望的海！呼啸的

筏子

拼死也要向天

掏出惨白的心脏

眼！眼！眼！

世界

把所有的窗

朝向同一个方向

那时
我卑鄙的泪
扶着胆怯的
草
坚强地
逃遁

堤上的日子

我在堤上踽踽
一边是水，一边是火
我安然无恙地
走着自己的那条路
大生活，小日子
天天有说有笑 ，终于有一天
　　日子
　　拉着水的手
　　与火言欢

平静归于燃烧，燃烧顺着
流动消失，我的堤
在哪里
日子

城市的眼睛[1]

浪漫的眼睛
伸出光明的手术刀
游走在
红色的街巷

潇洒的购物
取走
看不见的商品
光明在这里将黑暗的羁绊
斩首

博士！
眼睛！

---

① 台湾著名诗人陈克华先生是位眼科医生，《台北的天空》是他献给世界的歌。《城市的眼睛》写于与陈克华先生的一次对话后。

眼睛！博士！

当你饮完
最后一滴黑暗
潇洒的月光
开始作画
欢乐的太阳，从杯中
喷薄而出

是生活
是喜爱
也是创造

大胆地舞蹈吧
趁着朝霞还在天际
生命之光
将燃尽
看不见的黑暗
点燃
看见的光明

听，城市的眼睛
已唱响台北的天空

城市！
眼睛！
眼睛！城市！
浪漫的言语
在自由的键盘间尽情地挥洒

光明的故事
在救人于危难的手术刀上
歌唱

我在乎的歌声
善良欢畅
游走在看见的
人间

宇宙向我们走来

宇宙向我们走来，带着
一条重叠的路
层次之间云雾缭绕
在天地上下无限延伸

它是头脑链接天地的通道
还是天空赠与的浮桥

宇宙向我们走来
一个裸女横亘在云端
漂亮的短发，径直垂下
美丽的轮廓在路的这一端
平静安详

俏皮的脚

伸出路的另一端
悠闲的目光，寻找海岸
那叶曾经游走的孤舟

沙滩上，弄潮的人
永远在忙碌，仿佛浪花间
充满了无限的诱惑

延伸的造化

从简单向复杂延伸
世界越来越大

进入翻江倒海的运动
链接的纽带穿行在
高铁与高速公路的汽笛声中

江河的步伐跟着奔马似的原子
描画风驰电掣的感觉

基因扭捏着臃肿的身材
在宽广的分子广场秀肌肉

从简单向复杂延伸
世界越来越小

科学迈步跨进红色通道
细胞开眼在自身寻找
大海与溪流争吵的理由
分子在科学的掌心交换
彼此的出生证

原子世界如此遥远
又如此近，近到
分子的眼泪和笑容
不可分割

从简单向复杂延伸
一切在变化而又相对静止的
对话中进步，像纸做的喇叭

由小口说话
美声穿着花裙典雅出场
由大口唱歌
天籁之音从嗓子里溜出
转一圈又回到嘴里

束缚与自然

广袤的天地
荒凉的丘陵在母亲贫瘠的
怀里天真地撒娇

一个绿意盎然的巨型玻璃缸
突兀地矗立眼前

听不到雷声渐近的脚步
寂静丈量距离的尺度
两极相望各自的富有
忧愁的富人与康乐的农夫
隔着玻璃聊天解闷

这是一个天高云淡的日子
丘陵干渴

却很健康

玻璃缸身躯伟岸

却无笑意

他所囚禁的参天森林

雨水充沛，但

我们所能够感受到的只有

农夫快乐的心跳

却怎么也想象不到

富人的欢笑

圆之魅

天地间
大大的圆，像太阳
交汇处
为什么凶险黑水上
一叶孤舟在打盹

天地间
大大的圆，像月亮
神秘的面纱透着诡异
犹如巫师的咒语
披头散发

将太阳和月亮做成米粑
送上“精神之舟”
世界或将减少
愚蠢和烦恼

房子、筏子与云

太阳收拾着蓝天
一朵残云溜出了视线

一间房屋掳来
一只筏子
一个孤影在门前闪烁
一扇窗户闪动着奸笑

一片白云飘进空房
一鼓作气掀翻屋顶
它要兴风作浪
却没有水

这是那朵溜出的云吗

如此不堪的进步

唉！可怕的堕落

卑鄙的脸
已在残酷的脚步声中
窜上餐桌
进入马桶，爬上眼睛
吃进嘴里，穿在脚上
行走在骨髓
遁入无形之中

真实的谎言之躯
冒着青烟
比弥漫的脓肿更可爱，恶心的
马尿，蹦着跳着
进入醒酒器，从不冒泡
哈哈哈哈，美味

平常，太平常
如此可人，我们的德性
在下行的电梯里向上发飙

哦！如此下作的进步
　　太快了
　　鼓掌
　　高兴
　　参与
长江黄河集体向
肮脏的平凡献身

祖先被我们披红戴绿
隆重地扔进
捆绑的橱窗

发霉的花
向聪明伶俐的孙子
献上
无可奈何的巴掌

心情的房子

出行，刚迈一条腿
突然崴了脚

焦急的狗熊
在冷静的工蜂面前
流淌着唾液

铃声已响
沉默在热锅里
寻找装汤的碗

塞车的马路上
GPS 在喇叭声中
画出一道道红杠

我
出了一身冷汗

天外来客

2017

特朗普知道

乌云架不过太阳的
烘烤，开始
透亮，脾气才和寂寞
打了一个平手
就想大笑，火候不到
来一个胜利手势
徒劳

静心喝酒还是更换跑鞋上场
特朗普知道

岁月的重量

一个只对自己
特殊的一天
追着
一群只对自己
亲近的人
说着
一大桌陈年往事
端着
可爱的笑脸，往歌声里钻

不知道是生活
还是生命
在这里全没了界限
不知道是朋友
还是亲戚

在这里全没了界限

这就是生命的记忆
也是岁月的重量
更是
距离的精彩

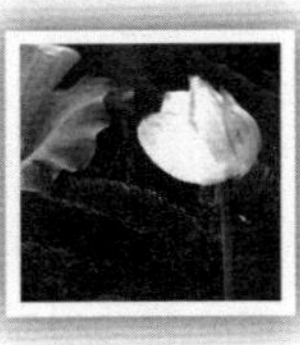

手推车奇遇

街巷上
轮椅与老人
婴儿车与宝宝
相似的车轮
邂逅在斜阳下

老人与孩子，对视的目光
在相遇的那一霎
打了一个结

结的这一头
是羡慕
另一头
是好奇

老人与孩子，对视的车轮

在相遇的那一霎

握了一个手

手的这一头

是失落

另一头

是鼓舞

夜　市

蘸着湘江莹黄的
夜色，嚼着
青石板应景的文字
青烟舔着火苗
烤焦味蕾黑色的幽默

食客在小龙虾的
红色套装中
挑逗着感官最后的馋虫
辣椒燃烧着冰块，冰块燃烧着啤酒

圆睁双目的指头
摆弄手机贪婪的按键
撩拨着吆喝声
在狂笑中找不到北

这是八月狂奔在街区的
火烧夜市
向季节的餐桌献上的
饕餮演出

巨大的小生命在
巨大的小食客面前
展现生命的意义
赞助在升华中鼓掌，因为
它只涉及吃相
无需破费

结　局

当又一个熟悉的声响消失时，我的
琴刚校声完毕，但它的一只脚
已迈入了新世纪

当又一个熟悉的身影倒下时，我的
太阳才打点行装准备转车，但它的另一只脚
是磁悬浮

当又一个熟悉的对手消失时，我的
篇章才掀开新的一夜，但它
却不是黑色的

匆忙是一张门票，选择是黄雀的游戏
先得到的早点进场
准备，稀里糊涂

开局漂亮

有时酬金却由时间支付

中场漂亮

有时却是华丽的嫁衣

结局不声不响

两个身影

把绿色献给爸爸，却不是祝福
那是太阳的口信和大海的风

把红色献给妹妹，也不是祝福
那是蘑菇在为松树涂抹唇红

啊……
祝福，是天下的事
只要天是蓝的，树是绿的
自然太阳也会红起来

无言地祝福，留给月亮说

房间的价值

没有想法的房间，站着有
想法的椅子，把春天
请进门

春天转到天花板
碰到一张张各异的脸
七嘴八舌，得意地飘出窗外

房间有些灵性了
椅子变得骄傲了，把思想
请进门

艺术高尚却不是头脑的请柬
思想要跳舞把桌子
请进门

这里将要有意义，房间
必须活起来
桌上的生命诞生了

键盘，茶杯，舌头还有手
水果花生还有酒，眼睛开始算计把牙齿
请进门

有前途的容积
空荡荡，没作为的石头
常搬家

她　乡

八月的妹妹
是钻石上的晶花
闪光的时候
永远伴随着时光
却不是春光

她是金色的风帆
　　迎向
玫瑰的海风

弄影时代的星光
月亮承载的河流

海洋托举的
　　太阳

是玫瑰心中的

　　老家

绚烂的彩带

　　系着

明亮的铃铛

太阳回家问晶花

逆

（一）

懒惰固执地选择了我
心情
固执地选择了乡土
懒惰
追到了泥里，固执与固执
私奔

（二）

骨髓里明明流淌着
长江和黄河，舌头上
拼命生长着芥末和
海苔

（三）

午时的月亮，迟迟迈不动
步子，仅仅为了

那一池涟漪
不，是那放不下的颠倒

（四）
寂静在闹市区里体验聆听
繁华却故作清高
寂静无恙而归，繁华
原形毕露
哈哈，修养

（五）
人们在同一条船上，却不能
心心相印，发直的目光
相互扭打，不相干的一群人
落入水中，却成了
朋友

（六）
权贵被人在暗地里鄙视
当风景
突然出现时，大拇指
摇个不停

成功在终点选择茫然

天下的温柔在手指上的
爱情里，有说有笑

天下的对手在火箭大炮的
窗户里，乱蹦乱跳

这是两极任性的故事
也是春天和夏天恋爱的日子

夏日兑入凉水笑看光滑的河道
汇入玫瑰的绸缎
河流无需祈祷，自觉
喂养广袤草原万千生灵

奔流，是浪花不息的目光
在春的手指上尽情地豪爽

季节的长发
寻觅思想的寒风
南极的荒野在岩石的体内
非凡交谈
北极，因纽特人和企鹅
向严寒的落日提问

禁忌的身后，多情的春日
更愿意拈花惹草
限制的铁钳是禁忌的微笑
否则，任性的故事
将在时间隧道无法无天
荷尔蒙也终将做出自己的了断

信念是追求的熔炉
执着，在冶炼中走进春天

手指上的烂漫花海在与对手的
较量中燃烧每一片痛苦
微笑在每一次重生中哭泣
成功在终点选择茫然

苟且胜利的烟圈

请把你的手，你的脚
你的梦，从
我的身上移开，我已
厌倦
厌倦所有聪明的风，留下的
聪明的行为
还有自以为是
懒惰的爬虫

请把你的笑，你的心思
你的理想，从
我的视线中移开，我已
麻痹
麻痹所有面部神经，留下的
离奇的表情
还有离不开荷塘
漂亮的蜻蜓

看不看得懂，救火龙已经
呜嗷呜嗷响起，行人唯恐避之不及
只有纵火者暗地里
苟且胜利的烟圈

或许还有监狱里铁链
和手脚的偷泣

走不远的爱恋

忘不了咸缸里最淡的日子

你的目光连同那一句话
一起溜进了我的心房，文字
在那里发芽、生长
没有土壤

你的所有认知，逐渐
产生能量，直到把我的后脑勺
研究再研究，然后
你走了，天呀
没有留下片语只言

我相信你不会，绝不会
但你在躲我吗？无须
无须收藏我的泪，只要你有用
无论在哪里我都会轻轻献上

我的一片天

你从未用嘴与我共事，你说
要像鸟一样地生活
与收音机共享一片蓝天，虽然
我们做的是劳累四肢的活
但一样的轻松，彼此快乐

不知道的日子告诉我
时间已经把你藏在那一次考试后的第十个年头
我从未找过你，因为我以为
文字早已枯败，芽已存活
足矣

据悉：停滞始于热闹的一天
海水突然掀翻了一船的话和锚着的
目光，姑娘死于
未知日子里的一场
车祸

城市的马甲

车流是城市的马甲，笑容
把它染成绿色，公路
尖叫着冲向太阳，红色
红色……红色才是
我们的主流

车流是城市的马甲，抓起一把星星
撒到夜总会
现代舞和交警上头条
说一声不好意思
逃离！一群肇事者

车流是城市的马甲，时髦的款式
符合世界潮流，落伍的
纽扣，锁得住红线
锁不住风筝，随风飘的
是一双双直勾勾的视线

天外来客

UFO 不是一个谜，后脑勺与后脑勺
接吻，植物与动物
成亲，大草原上的景色
只有看不见的人类和看得见的
你我，沙漠
从哪里来，海底的声呐
在天上摸鱼

UFO 的心思，在我们中间
小时候一起玩耍，农村里一起种地
庄稼长个不停
城市里一起打工，生活
节奏在程式化轨道
唱着似乎熟悉的歌
“我们是朋友，这里曾相识？”

UFO 的信使，在我们中间

脸挨着脸，手牵着手
坐在谁的船上，自己不知道
妈妈也不知道
有时候哈哈大哭
有时候呜呜浅笑
温和中与人走路
歌唱中与人交往

UFO 的卧底，在我们中间
智慧驾驭着面具与我们亲热，能力
在水下仰望天空
敏捷的双手
不停在网络中漫步
鼠标只是玩物上的装饰
仿佛拳击赛的假动作

UFO 的种子，已在地球上发芽
昨天的预言走上明天的论坛
把今天的人类提交，我们
究竟是从海底爬出，还是
沙漠里的试管弃婴
联通宇宙的记事本
正将那棵树的身世揭晓

巷 子 口

曾经拥有同一个巷子口
同一件外套
同一句发黄的叮咛
同一滴心痛悔恨的眼泪

无数难以抗拒的荷尔蒙的进攻
分离着同一的故事

舢板在莫名的水乡颠簸
转圈
停泊，在那里生根
重新发芽
却是第一次开花

我在巷子口打弹珠，吹口哨
写字，直到生出个娃娃
——都快有了娃

邂逅发生在同一个巷子口
舢板陈旧却声音洪亮，精致
的桅杆下
坐着三个女人和孩子

满嘴的乌龟麻雀，糊八条
我曾经的巷子口

冲刺的时光

冲刺的时光不一定
总那么刺激
当别人已经使尽
全部力量
比赛
还没结束，也许
还有人可以爬过终点

顺风路，好走
到了关键的尾声，推动力
笑一笑，溜走

逆风路，难走
只要敢蹚汗水的河流，推动力
加油，招手
结局，一路到头

爱唱爱跳的石头

少女，你还没有
进入我的城池
发梢的余光
便纵览了我网络的山峦

最美的风景
不是蹦极弹回的
那颗子弹
不是降落伞落下的
那颗人头
不是滑翔机秀出的
那对羽翼，便是
暂时沉默的石头

心思的下场

（一）

太阳从坑里爬起

和乘着香车的月亮

在赛道上奔跑

看不见的月亮

越追越亮直到看不见太阳

（二）

刀枪不上阵却要当

看客，新战术不断地刷屏

得到的却不是

想要的

（三）

黑夜裹挟着知识和荣誉

把白昼燃烧

爱，可以轻可以重
却不可以被融化

（四）
夏天抓一把冰雪
却怎么也揣不进怀里
冬天赶来帮忙
却摔了一跤

（五）
天被捅漏了，我唯一
能做的就是全身心地，敬畏地
接住馈赠之物
一点一滴，一丝一毫

错位的阳谋

错位的成果，携手光天化日之下的阳谋
披着午夜的华裳，溜进
声势浩荡的庆功宴，这是
一枚说着笑话的震撼弹，正翘起
二郎腿，坐在满桌的嘉宾中间

严肃的成果在天平两端跳来蹦去
排队上场的无须着急，揭晓
是开吃的发令枪
哦，慢慢享用
队伍越长越好，只是委屈了领导

哈哈哈哈，笑声穿肠过肚
哆发咪咪嗦……歌声顺着谎话的节奏
轻松荡漾在颁奖词的小船上
不要轻视它，时间具有杀伤力
笑话也可起波澜

快用诚实的负离子
将污黑的肺叶漂洗吧，健康人最不健康
明白人最不明白，歌者
唱起了葬歌，只有夜莺送来的
黑才是白天的真理，夜的歌

穹门的遐思

2018

顶着皇冠并骄傲的男人

站在元旦的门口
距离光阴的敲门还有最后六个时辰
太阳突然窜进我的厅堂
啊，多么金碧辉煌，成果烁烁发光
那是每天报晓的雄鸡
没有料到的荣光

这位世间唯一顶着皇冠并骄傲的男人
每晚都把寂静的嘱托送达人类的梦乡
当十二月的希望被折成爱心
悬挂在初夜的项上，月儿却在
深处的港湾与圣人舞文弄墨
此时的夜呀，可是墨的情人，钻戒可是石破天惊的啼鸣？

是呀，就那么几声
便唤醒了含情脉脉的灵魂

就那么几声
黑暗中束缚着的光明便一股脑儿挣断了绳索
就那么几声
天地便相拥光明，滋养苍生

太阳要颁奖了，不在厅堂
在天上，不在今朝在春月
南方的炮仗没有雪
北方的稻怕寒露风
西方的平安夜可以没星月
东方的雄鸡，胸怀不能没太阳

头脑打了个岔

（一）

火锅的德性，不在于
器皿的华丽
厚道，才是决定其风格的底料
不管酸甜苦辣
胜在家道的骨汤

（二）

我向大海打听波浪的下落
大海向上指道：他们和蓝天共同生活
和太阳一起上班
和月亮商讨出海的时节

（三）

我在酒里打捞太阳，灼热的蛋黄
跳出来说：我刚在里面洗了个澡
看我，浑身烧得通红

(四)

我独处，不是因为我偏爱孤独
而是，我更愿倾听心跳的声音

我烦恼，不是因为我缺钱
而是，滋润的喉咙唱不了歌

(五)

总有一些聪明的傻瓜，他们
看到朝阳下金灿灿的海水
便认为：
那是黄金海岸

殊不知：
只有懂它的人
才能置身其中
展现优美的泳姿

(六)

风格是不爱热闹而又腼腆的裸体
冰山之巅才是他栖身的幽居

（七）

当大海变成了干尸，天空
将留下红色的泪痕

当长江变成了干尸，天空
将没有眼泪

（八）

男人的刚强，是柔软的衣裳
必须穿在心仪的女人身上

（九）

百倍的干劲，拿着
十倍的信心哭鼻子，因为
他曾经被胜利扇过耳光

百倍的信心，拿着
十倍的干劲哭鼻子，因为
他曾经是懒惰的乖乖儿

（十）

失败，是一盘
奇香无比的菜肴

怎么吃是一门

艺术，更是终身的学问

（十一）

走路，崴脚

吃饭，打噎

……

性急人的手提包，工作狂的安眠药

怎么就悖呢

请问：谁没经历过

在炙热的冬风里喃喃自语

（一）

看来，我的理想可以在
冬泳中捕鱼，却难以在春天的
妩媚中与柳树聊天
因为
冬日的北风吐着
酷暑般的热情
这是一个严肃而真实的笑话

（二）

冬日的灌木林正在上演着
萧条的独幕剧，落叶和浅浅的白雪
扮演着恋人的角色

失恋一幕却惹来了小鸟叽喳叽喳
欢快的雀跃
还有野猫凄凉的鼓掌

(三)

当季节在石头台阶上快乐
起伏，日子早已把行进中的计划
送到心房，那儿
一群年轻而残暴的嗜血者
发出狼一般的低吼
这里很舒适，我们就不走啦

(四)

心情是一面锣，粉墨打扮时
难受地吆喝着真理，并无旋律

尽兴演出时，与鼓点对话
却能打出拳击场上千年的鸳鸯

挂在墙上，最安静
却是一种念想

平凡的影子

我拥有平凡，常常与奢侈有染

森林
在钢铁的嘴中无奈地反抗，周末
便是圆舞曲的天堂

鼎沸
在静谧林中的喧闹，冷却是
筷子头上的牙祭

平凡
是奢侈的父亲
从小对儿子严加管教

玩伴
是奢侈和平凡的跳绳
一人牵一头，欲望在中间尽情地耍

奢侈

是侥幸的中转站

晚霞和朝阳，交换着蓝天的汗衫

奢侈

是周五的套装

穿在周末的身上和平凡回家

瑞　雪[1]

（一）

小白过了一年本命日，昨天
一夜归家，风白了天地
风绿了树梢，北风
隔着面纱戴手套

江城的天呀，平静地唱着小曲
躁动的心呀，在琴弦上挠痒痒
还有十几天，就十几天
小白能够大一点吗
再大一点，冬姑娘就会成为
真正的新嫁娘

躁动的心将再添一把火，哦！
我的江城，我的神州
我的蓝色星球

---

① 由于温室效应的作用，武汉的冬天已越来越少见下大雪的情形，今年难得几天下雪，不觉中发现又一个本命年即将过去……

再有一个本命年，就一个
春神已经准备好了礼炮，数着
瑞雪的步子
和着暖烘烘的北风
正打算小酌几杯

（二）
翌日，白花花的婚纱
仿佛如约而至的礼花，那么洁净
纷纷扬扬，势不可挡
那排场，似乎要把整个世界都嫁出去
顷刻间，天地被请进了殿堂
小白长大了
可是，娘家呢

相识脾气

某些真理，只在角落里歇脚
不愿意随波逐流

某些真理，偏爱娶孤独为妻
不愿与繁华上街

你或许可以认为他是
自命清高，但绝不能认为
他是故弄玄虚

天上的云
为何与海上的蓝同船过渡

海底的鱼
为何与瓶中的花絮语家常

有时候，发怒的男人

可以在一堆破碎的器物面前

低头认怂

却不愿意在荣光的沙滩上

拥抱太阳

要获得真理的认同，形式

请闭上你的眼

冬日的脚

我抱着冬日的脚，坐在
瞌睡的沙发上
睡意全无

鼾声，暴跳如雷
窜进家父不安的春天
扫雪

那粒粒晶花，纷纷扬扬
其实，正兴致勃勃地讲述一段
水结成冰的故事
与天空有关

血缘，是父与子的天空
水正隔着门缝寻人，直勾勾的眼神
凝固为永恒
与儿子有关

幸福的梦见
发生在隆冬的尾声，父亲不安的雪
终于飘进了春天的土地

春节
从冰天雪地里走来
在最后那棵梅丫上眺望

窍门的遐思

满满当当一碗水，小心翼翼
十米路，一点
两点，一点点
……
快乐的水哟欢腾地闹
终点
逃犯哈哈大笑

满满当当一瓶水，不用担心
万里路，一点
两点，一点点
……
没有逃犯
只有囚犯
瓶塞哈哈大笑

选　择

巧妇，是一面纱巾
面对一颗南瓜
一头秀发

爱美的女人和聪明的
婆姨

变在不变中走向远方

你们不发声，我为何
不歌唱
你们打太极，我为何
遛马又放羊
这是一个灿烂中带着酒香的季节

眼睛在眼镜的剧院里
打情骂俏
不顾云端的音箱将现实的对白放大
也要贴在马屁的脸蛋上
一睹蹶土扬尘的屎壳郎

不！我要将思想的帽子
集中起来
悬挂在信赖的地图上，朴素的脚
宁愿光着走弯路，也不会
为了皮鞋而苟且

明天，也许季节将参加
另一场舞会
但屎壳郎仍将幸福地生活，而朴素的
思想在弯曲的河上，摘下帽子
正在寻觅地图更远端的挂钩

情和情的对话是发酵的游戏

恋歌，只要唱起就难以收场

要么，在麦芽糖里掺入
些许盐，就能和苗圃里的花蜜一道
将恋爱进行曲的某些音符
演奏得有滋有味

要么，倾听鞋跟敲打地板的节奏
愤怒扔掉了花瓶，突然
想起什么事，还是买了盒鞋油
冰块和火的邂逅十分及时

有一天，两个人朝着相反的方向
狂奔，突然又头戴花环
朝着对方
狂奔，他们抱在一起
蜜蜂却飞去了

结伴而行的大雁，说好了一起去
天堂，途中
一只崴了脚，一只唱着悲歌
去远方

来年，在同一个地方
他们成了鸳鸯

恋爱和分手各自喝了口酒
前者说：我们分分合合还是合好
后者说：合合分分只有分开了
　　　　相恋才甜
酒说：一坛好酒
　　　　就是一场成功的恋爱

季节的提问

雨滴和群鸟嚷嚷着，比试
谁的嗓门更响亮，桃花
摇摇头，抖落一地枯萎的瓣

雪花
打着太极悠闲地飘来观瞻
却不做声

风儿
不甘寂寞请来一行打伞的人
红的，绿的，黄的……
七嘴八舌，似乎要阻挡这场
自发的季节秀

这是一个什么节气呀

春姑来了

鼓点响了，雨点大了
太阳出了，百花放了
冬天睡了
夏天……醒了
秋天进入了梦乡
我呢？

世界在争夺之中呻吟

现在的世界正在变轻，不只是
羽毛，什么都可以成为
片段，片段
片段飘，飘，飘

一瞬间就能脱离视线
脱离红尘，在更远的隧道
等着下一个聚合的视线

我们的细胞，是上帝的骰子
偶然和偶然相遇
捉迷藏的孩子喜欢未知
的等待

祈求确定的结果是片段和片段
拼接的世界
片段和概率打了一个平手

片段和骰子厮打在一起
成功和失败，已经埋入说不清的荒原

自身和欲望的岸线
永远都在纠缠之中
生命和下一个片段的关隘
共同拜倒在
吃进无数英雄时代的光阴前

红灯和绿灯谈心

当自己的愚蠢刷屏时
眼睛会醉，车道上
全是绿灯
结局：
翻车，受伤
死人

当自己的智慧刷屏时
眼睛会明，车道上
全是红灯
结局：
等待，思考
成功

恋　人

流动的河岸为大地量衣
天空的巧手，趁机摸了几尾恋爱中的鱼
揣进自己初恋的荷包

身陷囹圄的情人啊，在月亮的后院
长成了一棵棵无法游动的茶树，从此
哗哗作响的茶汤，带着
相思的苦楚
在一切能够讲理的地方

等待着君子的理论和自由的回家

三月的珞珈，屏住呼吸，我的眼

美在枝头的珞珈眺望
凝神！屏住呼吸，我的眼！

青石板，朗朗读书声
拾级聚足春晓的柳腰，老子①举目
书山，花开花落有时
乡愁根脉无限，我要为你培上一捧土呀
屏住呼吸，我的眼！

寄望是三月的女神，伫立在
三月的桃花，梳理绿色的丝巾
只为白色的等待

圣洁
色的贞女，孤傲的天使
不为足下唇香起舞

① 武汉大学珞珈山上老图书馆正门上方镶嵌有图书馆的祖师爷老子的雕像。

却为何千军万马，白了枝头

此时，此时，此时！
最任性的太阳也会小憩，因为
白色的思念，是天上的霏雨
送行，不仅是分手
也是静谧的月光，我要珍藏

回家，
是我永远的师娘
解惑
是我心头的珞珈

傻瓜的情商

老天爷拉长了脸
我不知道
他是为两颗青涩的橘柚着急

幸福的话语，扎好了围巾
悄悄打理起行囊
和自己的小情人不辞而别

没留下只言片语，没留下
音容笑貌，我知道
这是傻瓜被吃进了肚子里
正在犯嘀咕

只能这样了，橘柚在风中摇曳
地上的猕猴
嬉戏中偷窥着天上的别扭

不远的狼，血盆大口正等待着

聪明的傻瓜入瓮

真理的秉性

真理从不穿衣，也不爱漂亮
从不说谎，像个娃娃
喜不喜欢，都必须服从

有时，真理也会瑟瑟发抖
请相信我，他并没有害怕
只是因为，气候太恶劣

有时，真理也会脸红
请相信我，他并没有害臊
只是因为，别人错得太远

有时，真理也会痛苦
请相信我，他并没有失恋
只是因为，有些朋友暂时离开

有时，真理矗立在眼前
请相信我，他并没有失去自由
只是因为，相识太难

有时，真理也会被扭曲
请相信我，他的正直永不改变
因为，他的血在规律的血管中流淌

有时，真理也会在知识的桥头眺望
请相信我，他绝不是闲来无事
因为，他在等待放学的孩子回家

有时，真理也会暂时沉默
请相信我，他绝不会死去
因为，他有一颗强大的心脏

任何时候，当真理面对邪恶
请相信我，他是准时起爆的炸弹
因为，时间掌握在懂它的人手中

两个儿子

贫穷，还是贫穷
聪明，还是聪明
有人把它酿成了美酒
有人把它铸成了刀枪

富有，同样是富有
聪明，同样是聪明
有人把它酿成了毒药
有人把它铸成了诗篇

贫穷和富有，是拥有同一个爹娘
的两个儿子

芸窗的逍遥

不该得到的没有得到，该得到的
尚未到来，有人
在土房子的老槐树下
拉着提琴，唱着歌

那是阳光下赤贫的富人，等待着更大的
贫困敲门点香，这是
他们家的老底
用纸做成的根，用笔做成的门

树荫下还埋着
祖传的老酒和几句管用的民谣

头脑的奇怪想法

把想法，集中在操场上
按身高排列，齐步走起来
也是一座山，可是
某些指挥者却没有勇气
大喊一声：我们行！

怯弱者的口令，即便在
阳光明媚的春天
也无法让柳条伸展腰身
勇敢者的哈欠，即便在天上
也能地动山摇

思想是思想的战士，思想是
思想的领导，思想

即便打盹也不会留下鼾声

智者认为：再愚蠢的头脑

也无须将权利交由死神来宣判

春天的誓言

刚从北风的水袖溜出，便来到
初春懵懂的池边
穿着绣鞋的林间小道，赶着撒欢小跑的哨子哟
那是情郎求爱的俚语，还是
青春舞裙的回眸

不知道，已不重要
因为，白马是猎人
狐狸便不是猎物，他们
一起看着冬日的尾声如何由白变绿
由梅花的情人，走上桃花的枝头

我要走了
赶赴一场婉约的舞会，只是朝霞的小妹
为我戴上了天籁的耳麦，把我径直

引向翠鸟的歌喉

这是一个庞大的空间

聚集着一群群吵闹的耳朵，突然

一声可爱的尖叫，把失恋的寂静

化作茶树上的歌谣：……只要你是我的

纤指，我的唇

我会让你

苦一阵子，美一辈子

唢呐和笛声

我爱江南的竹笛，胜于
北方的唢呐，她是
湖水秀出的姑娘，笑起来
却让我想起了唢呐

挑着驴屎蛋子的哥哥哟，
走出了黄土地，走进了象牙塔
那支黑山顶上的金麦穗
默默地甩起来
不带笑，也撒着欢

还是那支唢呐
横起了耳朵听笛声
还是那支唢呐
吹灭了艰辛点亮了灯
还是那支唢呐

眼睛不用翻山，湖水流进来

还是那支唢呐

圆了北方的梦，美了江南的窗

爱情酒话

在爱情的海里，理性只会狗爬泳
感性是块毛巾，擦拭苹果
红着的脸，责任
是火灾后的木炭，黑汪汪的大眼
等待着奉献

在情感的天平上，爱情
是美丽的姑娘只属于王子——池中的酒神
烂醉的青蛙
胡作非为

誓言是一粒粒卵，蝌蚪游出来便
烟消云散，活着
便是天理，爱情是啥？
没有爹娘

网络里的那些事

这是一份鼠标放出的傻瓜文档
惹急了驻足的观望者

嫉妒被知识打败，情绪
从字里行间探出脑袋

鼠标
严肃的肇事者，即便闯祸都那么
绅士
顺手整一整领带

网络
世俗土壤里长出的空气
虽然看不见，却又天天在一起
瘾君子

是粉丝中的白领
疯狂，必不可少

网红
算什么？摇滚乐中的鼓手

深喉手里的撅头
算什么？可是淬过火的
良心

密码被思念拾到的时候

记忆中有许多令我仰视的
伟大
唯有故乡才是我
留恋的低头

这是一瓶漂流了多年的唇
饱满的爱虽已瘦骨嶙峋
可她
紧裹住的齿依然纯洁皓白

我想到了“大海的闺房”① 和神秘的
姑娘

① 见艾略特诗歌《J. 阿尔弗雷德·普罗弗洛克的情歌》结尾倒数第 3 行。

节日[1]在此与往事聊天

思念的方向盘在虔诚的车轮上锁定目标
来到了一个叫做春天的地方
一个叫做石头的地方，一个叫做
泪水的地方，一个叫做
历史的地方

这里没有现实，没有今天
只有往事高悬在云端，心坎的指针
走在昨日的时钟上

这是一个男人和女人，老人和孩子……
都可以用不同方式倾述的时刻
可是此时却无人，只有雨纷飞

---

① 此指清明节。

这是我的泪吗？还是飘落的情愫

我的目光已找不到北
恍惚中我擦了一把老天爷的汗
我渴，我慌
我想静静地找一找儿时的书包

外婆替我拿来搪瓷碗
泡着炒米的牛奶冒着泡，我的爹地
问我：儿呀
明天我到北京，你要的“海盗”①
我会在那棵树下给你，你要好好作画

此时老天爷的汗浓稠成了颜料
画纸已展开在绚烂的阳光下
我的，我的不知是画笔
还是泪水，早已做完了今天的功课

---

① 古罗马思想家塞涅卡（Lucius Annaeus Seneca，约公元前4年—65年），因长相古怪被称为“海盗”，后来成为美术生素描摹本。“文革”期间属于禁品无法买到。

我要回家，却不知家在哪里，只是

南湖边一个失落的孩子

在静谧的油菜地找家

冲出额头的限制

你走了，我不知你在哪里
冲出额头的限制，眼睛
红通通地找你

你没了，我不知在哪为你献花
百合已开满心田

你——
对，就是你
我强烈地认定你
带走了我生命中最后一根稻草
令我坠入万劫不复的春天

思念冲出额头的限制
我，使尽全身的力量想你

敞开胸襟拥抱你

眼睛冲出额头的限制
我，使尽全身的力量找你
我的门只向你打开

你可以看到我狂跳的心脏
已开始流血
微笑地流着血，以前所未有的姿态

千万不要为我止血！
我不需要
我想让他永远，永远
幸福地流着

再也没有什么可怕的了
在土狼啃过，野火舔过的
春天里

计　划

文字，洒落在波涛汹涌的
海面上
我却在家门口清点
数量，诗
在蓝天外飞翔
我却在海面上吟颂未来的想象

你出发了吗

我在等你，等你的笔
等你的纸
等你眼，等你的手
等你的心和
那一年的计划

情　缘

绸缎般的肌肤，伸出
绸缎般的纤指
一朵白梅，伫立在五指山头

白雪皑皑只为伊人净身
率真的香炉
喊灭偷情的月亮

让善良在善良的土壤上
缄默地等待，喧闹
为尘世穿戴鲜艳的衣裳

淡淡是浓浓的情愁
孤独，是现实的茶香
只需一片云彩

希望，就能在风中
算出雨量

冰点的爱情是雪梅，疯狂之后
是太阳，悲剧之后
是奇缘，痛过之后
想回家

如果永恒，就不会老

亲吻大地的唇，还在你怀中撒娇
遍布山峦的鲜花
已然老去，唯有年轻的诗篇
仍然在
白雪覆盖的额间闪耀

不是为了歌唱，或者把爱神
当做童话，仅仅只是
为了将那几行平凡的文字
变成永恒的花岗岩，依偎在
没有花开的山上

情感的字典没有解释

爸爸，爸爸——
我多想用我那长满茧子的幸福嗓门
唤醒沉眠苦海的善良礁岩

鲜花在洁白的珊瑚上踱步
沉默，把兴高采烈的鱼群掀上九天
震坍巨浪的海啸，垒砌
无法逾越的呼喊
透着利剑挑拨凄厉震颤

爸爸，爸爸——
冲出阻隔的呼唤在岛礁的瞳孔里看到了天堂
我抱着石头睡着了
如此的甜蜜，那么的沉醉
从未有过的安稳，石头

——踏实的家

我终于被纯真的热情缠绕
石头，太空里绚烂的温柔
你的伟岸致使你的周身聚集了众多璀璨的星
那都是你的孩子吗
快乐的天使，我心灵的岛礁

爸爸，爸爸——
有人告诉我，高傲的你在某一天
因为一个人，昂首走进了字典里
那里有一片森林和小小的池塘
你，独自坐在一块石头上
把自己放进了莫名的词里

我攥着字典的手再也无法松开

道路在五月的计划

五月，脚下响起了敲门声，绿色
开始爬上墙头的时候
寻美的眼睛，看到了一双双高飞的鞋

他们高举幻想的旗帜，从
四面八方赶往道路的巢穴，声讨
不能通天的驾照

五月的心情随波逐流，如果不是歌喉的热情
也没有百灵鸟的初夏，森林
参天白杨，如果生长在云里
只能留住暴躁的脾气和闪光的脚

将五月的声响录入季节的光盘
云间不愿回归的恋情在上苍的脚下作响

那不是一双双高悬的志向

而是道路的眼睛寻找的太阳

斗　茶

情趣，在同一条江上斗茗
两个老顽童，隔着天
隔着地在南方的城市之间
抛撒着儿时的媚眼，无声的对白
被拧成时间的缰绳
在理不清的乡愁里纠缠

围观者
乘坐微信的筏子在水中
为友谊献花，送茶人
蜂拥而至，网中
欢快鱼儿不停地点赞

初夏的热情
煮热一壶黑茶却散发出

绿茶的清香，知音是远走的姑娘

谜者

是清清白白的江水

谜面

在今天的码头遛嗓

谜底

在清明的山上悠闲地放舟

出　行

如果要出行，远离皇宫和繁华
如果要出行，带上音乐和茶

孩子不知天高，天
向他招手，恋人不知玫瑰
扎手，玫瑰冲他微笑

水在风的怀里撒娇，风将水
送给了波浪，不求回报的美丽
是一段沁人心脾的传说，却
透着茶的骄傲

山林奇遇

迷恋和土地的思想
终于达成一致，这是一个奇遇

同一块土地的两粒种子
它们是血统高贵的骏马，不愿
驰骋疆场，只愿厮守打闹
不愿各自一方，只愿地久天长

它们本可分开，偏要相互缠绕
山不高，水很甜
地不小，天很大
鸟语很好听，气候亦很爽
只是难分开

你让我如此灿烂，我要的却是

另一片荫，我希望你
笑口常开，你却忧心忡忡
我们吃的是同一口锅里的粮
睡的是同一张天下的床
我们不同姓，也不同娘

它们本可分开，偏要相互缠绕
打不开的结，绕成
走不出的漩流
同一只眼里长出的两颗牙
像同一条巷子里相向而行的车
走不开又停在一起

窗

走进你心灵的库房，轻轻
掩上尘世的窗，与过往的日子
喝茶，你我缓慢地谈话
湖水交换思想的光华

愿每天的晨曦，都能
关照你的书房，亲昵你的卧室
带着你看一看森林里的刺猬
还有高山上的羊

愿雪山洁净的溪水，欢畅地流经
你不谙世事的手掌
轻柔地抚慰你那受伤的窗

愿曲径通幽眨巴眨巴菩萨的眼

仙人会让你沉默，无人
会为你疗伤，轻轻掩上
尘世的窗

不想，也想的岩石

我为岩石所生，亦为岩石所爱
带着宇宙的坚毅
温柔地换回青春的寻找

那是一个个绚烂得发烫的日子
星空，写满青春的字典
无数理想的眸子

在漆黑的夜里闪光，只是
你的青丝，如同
银河泻下的哀伤，径直汇入我
大海最深的地方

遛　狗

我在山上遛狗，从它到它的重孙
健康为我颁奖

多少年来，掌声一直向我
燃放它隆重的沉默，这
是对我的奖赏吗？山不说话
狗也一样

有一天，礼花驻足我身旁
艳丽的脸蛋
笑出声，我依旧在傍晚的湖边
赏夕阳

文字也风流

精神的堤坝，留下
多情的文字，她是摇着蒲扇
坐在闸口的晚风，在月亮的默许下
与最后一抹晚霞亲昵

握紧这珍贵的血色宝石吧
你将看见一群群文字
用五千年的墨水净身
平静而美丽地合上双眼

看着她，淡淡伤感地捋着
长夜的乌发
优雅地拭去清晨的泪珠
奔腾不息，一泻千里
信心满满点亮每天的太阳

那将是一幅怎样的画卷呀！

我想问一问时间的月亮，更想问一问
万能的太阳

鱼儿赶紧提醒我
文字在这里歇一歇脚
然后，我们将继续前行

幻想人间

想让土地肥沃吗，就让

太阳更亮吧，想让

太阳更亮吗，就让

天空更爽吧，想让

天空更爽吗，就让

空气更纯吧，想让

空气更纯吗，就让

树木返青吧，想让

树木返青吗，就让

鸟儿歌唱吧，想让

鸟儿歌唱吗，就让

爱心回家吧，想让

爱心回家吗，就让

诚实的海洋重返蓝色

镶满良心的草地回归绿色，就让

城市的标尺长出一分矮

夏日的知了不再为儿孙的死活

拼命地喊

田里的青蛙

呱呱叫

后　记

如果说我对诗歌表达方式的理解和创作，在这本诗集里是一种奢侈，那么与传统诗歌相比，我的某些诗作特别是后期的部分作品，则更注重思维的发散、主题的集中和承接地跳跃，还有的意象解构在情感和经验之外展开，因而显得不太合群也在所难免。

特别想说明的是文字的使用方式决定了其是指称性质地陈述如散文和科学论文等，还是非指称性地陈述即诗歌。用批评家 I. A. Richards 的话来说，即“拟陈述”（尽管这个提法曾争议不断，却不妨碍在此用来说明一个事实），这个问题很重要。因为以陈述性质的阅读去理解“拟陈述”性质的文字，非但得不到正确的答案反而会步入现象的迷宫。所以，部分读诗者希望在此获得某些具体、经验性的体验，可能达不到预期的目的，恰如荷尔德林所述“这并非稀罕之事，犹如晚餐时分鸣响的钟声，为落雪覆盖而走了调”。

拙作中大多探索性为文字“松绑”式的写作，力求使文字的迷人特质得以体现，取得了自以为比较理想的效果，亲爱读者您感受到了吗？

诗集的出版要感谢许多朋友，我不能在此将你们的名字一一写下来，因为你们早已镌刻在我的心里。

作　者

2018年11月22日